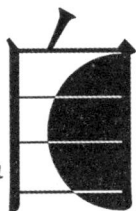

The Poetry
of Freedom
by Sammy Hu

小岛 著

海南出版社

·海口·

小岛

（1990 — 未知何时死）

献给来去自由的你

第一章　来去自由

第二章 站在悬崖看青春

第三章 生活里藏着另外一种生活

第四章 纵使你嫁作人妇，也不过人间轻轻一笔

第五章 父亲的糖果被我吃了

○ 第一章 来去自由

来去自由₁

孩子
爸 就在进站门口 栏杆 太阳下站着
没有车票 进不了门
你妈妈的声音里含着泪水 问爸
孩子 你就这么走了
爸该如何回答你妈妈

我的眼睛在门口扫描检票口
冬日的阳光在我的脊背上晒着

爸
你开着摩托车跟了我一路
问　　有什么就跟爸说
牙关紧闭 不再解释一个人的远方
眼神坚定 不敢直视您的声声哀求
您追问　你就这脾气
是啊 我是您的儿子
我的倔强不会向亲情低头
找份安稳的工作是您的选择
我只能 我只能 我只能
躲着您的声声哀求
躲着您的白发苍苍
躲着您孤苦伶仃的扫描
流出
大年初一的眼泪

冬日的阳光晒到我的心里
我的眼睛专注在家乡的站台

中国游客

我是一只不自由的骆驼
看不清落日的脸庞

主人牵着我的头
主人拉着我的嘴
主人拍着我的腿

脚掌陷到撒哈拉里
抚慰柔软的大地
背上的人啊
你的背包
装满了开怀大笑
你的背包扬起了沙尘
深陷在自我的世界
忽视了
一个小女孩戴着紫色的围巾
在门边招手

亲爱的人啊
什么是快乐?
拼车的中国旅行团
坐烂了屁股

他们要到沙漠里去
他们要到清真寺里去

"人间苦难

会终止吗？"

礼佛后在麦当劳读散文

一群打扮精致的亚洲太太

用微笑和我拼桌

今天可不是礼拜日啊

离席，她用标准的普通话吓我：

"传单。"

韩国人，基督徒，圣经里说：

上帝痛恨苦难和不公正的事

上帝关心我们每一个人

一切苦难必定终止，人生是

有希望的。（诗篇 37:9-11）

想请佛帮忙发广告

免费学中文，上汉办 .com

世间又有什么是便宜的

人心若是一张传单

单飞吧 上帝的孩子

伎又单

我害怕漂泊的天空

尤其是没有日出的早晨

一片惨白的迷茫

孕育无知的空荡

我害怕醒来

我 听 见

在无所事事的漂泊

暖气停止

一个人黑夜的无眠

漂泊

我害怕天空的漂泊

尤其是没有人挤人的地铁

此起彼伏的乡音

透视着梦想的荒凉

了　呼　吸

我害怕出门

在心愿回响的漂泊

闹钟走到了六点半

脚步声中的暗流

激醒我

闭上眼
平静呼吸着平静

幸 运

不是你选择了喜欢
是喜欢 选择了
不会喜欢的你

得知可以去纽约作陌生人旅行的第一天

很不情愿写下这些

矫情的字句

矫情是少年的本性

矫情的文字是少女的不幸

你说——

"因为你这事，又相信梦想这俩字了"

聊天扯地说空气

我们多久没有谈起"梦想"二字？

很不情愿说出这些

幸运的故事

幸运是你的谦逊

谦逊地抬起早晨的公鸡

你说——

"他的快乐得是一千人份的"

快走快吃快生活

我们多久没有得到"快乐"？

很不情愿面对这些

祝福的面孔

祝福是大人的胸怀

胸怀的侧面是小心翼翼珍惜你的助威

你说——

"总之……羡慕嫉妒没有恨……以后会更加努力"

恨天恨地恨父母

我们多久没有说出"祝福"自己？

你在哪里

看着城市的街道
接踵而过的车流
你在哪里 你在哪里
火红的夕阳在我眼前
轻柔的微风在我身后
你的身影 你的身影
是否 躲在风里

角落里放着
你的吉他 你的吉他
熟悉的旋律 曾经的画面 有你的房子
你在哪里 你在哪里
阳台上孤零零的衣架
衣柜里米老鼠的情侣
你在哪里 你在哪里
抱着你的吉他
抚摸你的琴弦
想着你的身影
我在找你 我在找你

动 情

钢琴家对流浪客的早晨做出评价：

太简单了……

轻音乐 牛角包 一杯蜂蜜水

无人入眼 无梦扣心 无情纷扰

请问候大地一声　早安

复杂的生活弹不出随时要报告
　　　　　　　　　　的
　　　　依赖

我坐了一辆摩托车冲向海里

看那灯 那浪 那午夜前的螃蟹

所有的风跑了出来

加速吧 我们绕了一圈又 一 圈

你是星星的一部分

习晚未亮

我停下手电筒等小情侣

进入小森林

等

再等

她穿过男人的怀抱

结束写作

还有人需要我的路灯

酒店十点钟的晚餐 铁门紧锁

兄弟 两分钟后我再回来

还有人需要我的路灯

诗人在创作

诗 仅仅是流血吗
傻不楞登的一颗 心
当你嘲笑小鸟被贩卖
早有一个生意人在自拍

惭愧 总有人爱美颜
换一张脸皮 眯眯眼
秘制一场灵魂的战争

排兵布阵 删几个
符号 身体比眼睛诚实
好妹妹 咱不说话
咱好好地羞答答

稳重显得拖沓 激情
稍稍靠近结局 读吧
亲爱的读者 读一首
平价的

望冬雪

北京好冷　我的棉袄在东北
妈妈好暖
我对她的记忆
望不穿四季

望冬雪

北京好冷 我的棉袄在东北
妈妈好暖
我对她的记忆 成了雪花
存在充电器里

特殊学校

天蓝蓝 大巴早忘记 38℃的公路
中午吃鱿鱼辣得胃痛 尽管
想去看你 我脑海里 笑得
比苹果还圆的 小脸蛋 可惜
后悔的心比急性肠胃炎
来得更加猛烈 你知道吗

4 岁的我 一个人 走路去上学
一个人 踮着凳子 煮地瓜汤
一个人 饿着肚子 也不吃
陌生人 善意的面包
8 岁的你 伸长手 笑得
比你告诉我的 睡眠公主 还美
一块糖果 一个果冻 一本书
你知道吗 有个小女孩 伸手

换走你的 38℃ 你的一句 给我 给我
苹果 睡眠公主 小鱼 大胡子爷爷
横七竖八 红黄蓝绿的风采 画里
那才是你 我的 睡眠公主 38℃
两颗小虎牙 小短发 丹凤眼 笑辣辣

紧紧握着你的手 幸福的能量
从你指尖 流入我的心
真正的你 苹果大的笑容 治愈
恶心了一路的 辣鱿鱼 和
早已忘记 38℃公路的 热带阳光

风起 乌云带走莫名的失落
雨滴冰冷你包围的心
也许有一天 你会想念某年
某月某日的38℃ 一位大哥哥
牵着你的手 去看 画中的
小鱼 大胡子爷爷 睡眠公主
也许 你的世界 一直都没有
38℃的睡眠公主

五岁

宝贝 拿去吧
和妈妈在一起喝奶茶的童年
好甜。 你给妈妈喝一口
   靠近一点 宝贝
目测五岁
小朋友都是别人家的小可爱
我的妈妈有一个遗憾
   你没上过幼稚园
   四岁半上学前班
   别人家的孩子有人送
   五岁 你一个人走路
去学校
二十七岁一个人逃离家庭
去自由
我喜欢孩子
因为我的父母
喜欢
我这个大孩子 到老

写给 Jojo

生命和经历哪一个更重要?

澡毕,牙白,独灯。脑子的清醒度 98%
残缺的 2% 源于微信里你的最后一句话,昨夜
"生命和经历哪一个更重要?"
2% 的世界就该用非黑即白来涂抹

生命更重要。黑里透红
1 小时前,送我回家的路上,你说——
"我刚还挺清醒,脑子里想着你说的话,现在倒是迷糊了。"
那咯吱作响的叫不出来牌子的跟血一样颜色的破车
正如你现在混沌不清的脑袋被我灌了迷魂汤之后——
晕头转向,若有所思病不明
想吃药,还真没有药给你吃
2 小时前,吃夜宵的红桌上,你说——
"只有一半脑花了啊,浓稠,还是你吃吧。"
看了 7 年的芭比娃娃铺满血丝鬼红眼
此刻,你身陷泥潭的双脚踏空无力——
想走,还真有道

红里渐白，经历更重要

1 天前，问你："一起出趟门？" 答：

"俩活儿等着我，对不起，我又向现实低头了。"

照常，复："生活终究要回归平淡。" 你追加：

"我是对不起我自己。"

7 年红得发紫的生活里我就没见你哪一次对得起你自己！

24 天前，逼问："最近的打算？" 复：

"算命的说，过了 35 是道坎儿。"

进一步逼你：诗人兰波和顾城都是 37 岁死的。你脑热——

"疯了啊，你啥意思！"

黑夜连着黎明的 24 小时里我就没见过你哪一次

灯灭，杯空，脑子的清醒度 2%

圆月的 98% 闪亮于厮守的那两颗星

一颗是经历

一颗是生命

有月亮的夜晚

有星星的天空

有 Jojo 的晚安

梦一场 好梦香甜

说人语

话筒没有推上，脑海只言片语
做着一场不会醒来的王子公主梦
被拍进完美的画卷
高高悬挂早已下架的万里长龙
在走向坟墓的蹉跎岁月里
爱说话的人更爱说个没完没了

　　　　说着再美丽的辞藻
　　　　你也只是不会笑的蒙娜丽莎

你说着什么，你便被什么说着
吐出来的每一个字，是围剿你的人墙
望着门里门外的旷世枷锁
穿过去？借钥匙？砸烂它？
在先人走过的足迹里
你学会了原地踏步

　　　　说着再美丽的辞藻
　　　　你也只是文字的小狗

想在门口，你还得说着美丽的辞藻
当声音不再美化文字
请缝上你那高傲的嘴角
当你的海纳百川接近干枯
请忘了如鱼得水的比目鱼
一直是认命的比比皆是

　　　　说着再美丽的辞藻
　　　　你也只是一棵飘零的海草

打卡机醒了

有两个人，每天都来早安打卡。有一些人，在我出现的时候，留言打卡。我就想问，你们用的是储蓄卡，还是信用卡？金钱和时间一样好使，能带来短暂的愉悦，时间又和金钱一样不好使，无法替代木头的没感觉没感觉没感觉没感觉没感觉

辞 职

辞职是为了相信。相信自己。
没有人为了自己。相信辞职。
就像脱缰的野马。
草原在哪，不再重要。
就像破处的少女，不再隐忍。

No Time for Tears

错。男生也可以坐着尿尿
女人的坚强是给我几张纸
加油写作 我一会也来加
入你
被打断的 信 念
尿痛尿急尿不尽
尽情地
去
哗啦啦地冲水
　　哗啦啦地打败眼泪
　　　哗啦啦 哗啦啦
　　　　哗啦啦啦啦
　　　　　啦啦啦
　　　　　　啦

4 岁 本号镇

◣ 第二章 站在悬崖看青春

站在悬崖看青春

世界上最阳光的
是
大海
不等日落
不追日出

世界上最黑暗的
是
青春
不畏年少
不惧苍老

站在悬崖看青春
忘了大海
忘了黑暗
忘了
站在悬崖看青春

来去自由 2

那天走过这里
今天走过这里
这几天来这里
送自己

和夕阳一起回家煮一碗平日里的面继续鸡同鸭讲

不冷 温度刚好 中秋

留

学

爸 1

我看两页书就休息

父亲的语气
在毫无章法的普通话表达里 亲切

多喝点温水
午餐了没有
偶咳嗽 好了吗
休息好 别太累

这是一句 他不断重复的 何时归

父亲
您该照顾好自己
五十有余不如三十力壮

隔了二十多年的江河
汹涌而来

家

一条陵河里的鱼
站在岸上
望着陵河里的捕鱼人
永远不问
椰林大桥上的车
永远不问
椰林镇上的人
永远不问
陵河的水

流向哪

西 湖 漫 步

湖光山色，两条船驶离

我往桥上走，禅，水声

风吹杨柳，没变，走西湖
和西湖边上的人，没变

想起雷峰塔，想起四人船

有人在唱戏，戏子在唱曲

是断桥吗？ 雾大

码头岸上一声笑，没变

摘一朵莲花空运给你。

我是心上人不可或缺的云

如果时光倒流
我依旧是乌云
站在伦敦的偏空
倒数
天鹅飞过的一往情深
习惯性地抬起
锁桥的头
小船入港
她打着绅士的雨伞
防我
在每一个红绿灯前
我依旧是心上人的乌云
　墨守成规
横穿马路
大不列颠的警察来了
天鹅再次飞过一往情深
我是心上人
不可或缺的乌云

Don't Push Me

小雨天变成大雨天
犹豫再三
发出牵挂

不在状态
没有人提醒我打伞

习惯性
我好害怕习惯性
我好害怕一个人的习惯性

你是信守诺言的人
我是无理取闹的猪
我们在同一地点下车

躲雨的人向我们微笑
好多人 好多人在一起躲雨

你熟悉我的城市
我对你唱的歌一无所知

《爱情》唱过三次
　　想买莫文蔚演唱会的门票
　　勇气湿透

　　我要换一个不会下雨的城市

　　重新买一张全年的公交车票
重新坐 BUS 25
重新等 BUS 26

UEA

我躺在图书馆的阳光里
看见一只烈日下的鸽子
啄食身上的斑斑劣迹

心儿跑过

暖光铺展着厚重的誓言
慢慢闭上劳累的迷茫
等待
机器重启的呼吸

叮。叮。 叮叮

来信了。应该 信了
阳光下的论文
重合
世界的精彩

巴厘岛的女人

见到这个女人的第一眼
恍如回到孩童时期
踏实　　　沉默
跟着她的脚印
往船边走去
那是一双赤裸的双脚
黝黑　沉稳
看着她走路的模样
我　　　想
这是一个终日里忙碌的女人
为孩子做饭
为丈夫洗衣
为一家人谋生

巴掌大的小船容纳三个人
船　　头　　坐　　我
中　　间　　友　　人
女人站在最后
一根四五米长的竹竿
缓慢地将我们划向红树林
潮　水　退　后
撑船是功夫活儿
女人慢悠悠地左一下右一下
小船不晃不抖
我　　　想
这是一个坚韧的女人
不　进　一　步
不　退　一　步
一亩三分地里有晴天

船 在 水 中 行
人 在 林 中 闲
第 一 次 游 览 红 树 林
不 知 从 何 处 赏 起
"Crab! Crab! Small Crab!"
顺着女人竹竿的指向
小黑螃蟹沿着树根爬阿爬
"Eel! Eel! Fish! Fish!"
拇指大的鳗鱼张大嘴巴
　　　啵～啵～啵～
我　　　　　　想
这是一个善解人意的女人
话 虽 不 多
一 个 眼 神
让人进入温柔的梦乡

水　　到　　尽　　头
该 转 个 弯 往 回 走
我 看 见 了 女 人 的 背 影
芸 芸 众 生 之 中
你 会 记 住 的 特 别
望 着 女 人 的 脸 庞
和 她 撑 船 的 竹 竿
我　　　　　　想
每一个女人都有一片天
或 许 竹 竿
或 许 头 顶
女人用她自己的方式
撑 起 一 片 天

白纸垫在诗集上

刻画人心的纹路

下手轻点

别总想扇右脸

面子工程

留给早餐的蜂蜜水

三流诗人

在手机上用拼音

合计些什么

谢谢女人亲吻了

她用眼泪亲吻了

你被生活扭曲的诗意

nks
Man

作家是这个世界上最穷酸的职业
海关都不信 你的征程
一张酒店订单
一张回程机票
一张在伦敦申请的十年签证
你是过不了自由的国度
号称自由
有一个绿色的女神站在孤岛
　　咆哮啊
行李啊
黑色的登机箱紧挨印度亲人
从加拿大带回的大号绿色收纳包
又是绿色 又是国度
又号称自由
一块不可言喻的灰色地带
在新时代的美好电视新闻里
新政策 新总统
新写了几行错字
自由职业 单身 连填写
入境卡的笔都没有
的
作家
　　呵呵呵
　　　　　呵
　　　　　　　呵

黑屋

我可以看下你的书吗
在中国出书难吗
恭喜你啊
　　　　作家
　哈
　　哈哈
　　　　哈哈哈哈
一年半前的旧书救了你一命
感恩文字
感恩文字的自由

冲破一切颜色

美国周日

什么鬼原因
遛狗的男人空手出门
两个小孩站在草坪上玩枪
谁的眼睛盯着
我开出了他们的小区

右拐 右道 右边
骑自行车的男人冷笑
周日平静得有点诡异
沿着蓝天弯曲前进
害怕 我真的害怕
说好的尽头
为什么一个人也没有

想到一个地方
认不出国旗的停车场
谁停留在那?
一张彩布上的几个字
对谁的生活有意义?

意义?
和周日讨论意义?
棒球砸向我的汽车
只有上帝知道
挡风玻璃不挡眼

电话响起
周日的下午回来了
我要去沃尔玛买墨
黑色给美国
彩色给汽车
空白给自己

美式咖啡

你要做快乐的人
乖
够了

你要做阳光的人
加州的阳光
够了

你要喝美式咖啡
守规矩
不够

假如我的朋友死去

假如我的朋友死去
扒了他们的真身
制成书皮
套在这储藏千年的名作上
古老的文字
自动检索你们的一生
罗列出
对我犯下世人愤愤不平的
条条罪状
书名——
十八层地狱的轮回周期
售价——
不堪一生对我的点点补偿

假如我的朋友死去
设一个特展在显著的一楼大厅
墙上挂满我们相识
那天的照片
黑白 你生气的模样
彩色 你自恋的大头照
序言——
我用两行热泪写下
从未对你的赞美之词
展名——
　"你是大坏蛋！"

假如我的朋友死去
我将是这个世界上
最富有的
穷人

飞了

雾霾当中的落日
从我的身边走过

有一种很浮躁的感觉
鱼腥味留在我的嘴里
你永远都是过客

笑着太阳
看小狗陪着黄昏
留下天空中的扫把

别把爱情落地
爱上的这个人不会吻
祝飞了好运

台北朋友

三年后的落地
桃园机场多了一块大屏幕
"哦，还有这回事？"
我是一个时差感很强的人
蛋糕存进冰箱
明天就忘了吃
夜市里的旅客跑到诚品退税
偶遇的台客说着顺口溜：

"没有常识要看电视
不看电视要逛夜市
到夜市要听八卦事"

用娃娃音去生动世界
24 小时不打烊
阅读零时差
那个研究院里的胡适
找不到 ISBN
我翻开了一本《尝试集》

喝一杯青草茶下下火
好不容易长出痘痘的青春
要留住一家人的尝试
台湾最美的风景是人
我们不仅是见面
才会
联系
的
朋友

给

声音里的女人 张狂
如同相赠的菩提叶
开了我的眼 我的心
我的一世英名
在你的喉咙里飞奔
爱上一次虚无的选择
左边世界 右边
    你 爱听假话吗
菩提叶上是牛粪的
残余
女人啊
有一片叶子就会有
另一片森林的哭泣
女人啊
菩提叶已被摘下

            给

春

破芽出心
她半面示人
流过的泪
若隐若现

花语转动
年华自来
他沉寂一夜
破晓动人

大提琴

只想利用 她会刻意走调

写几首曲子 托管诺言

大苹果 和我相处有一个条件

喜新厌旧，

冬天的诗人配不上急于求成

的

Why you are so sweet today baby

#

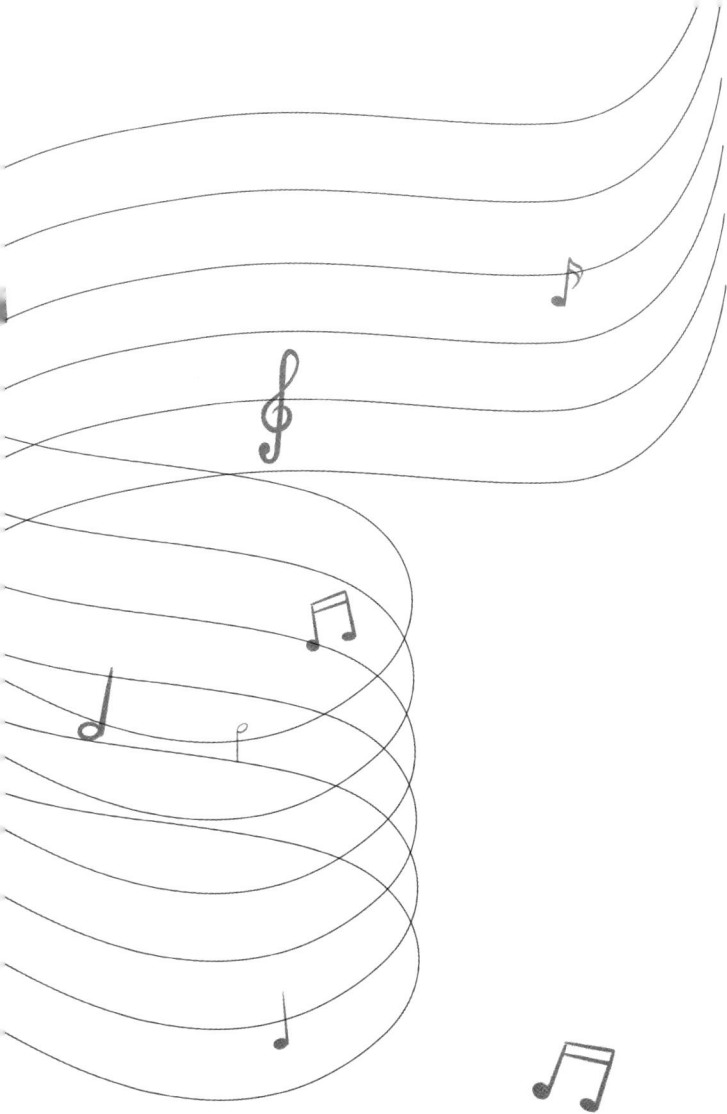

不要脸

我最会装清高
你想脱下的衣服
日本人用旅行书写中文
最后七夜讲重游澳门
看不完的戏码
看得懂的陈词滥调
介于陪伴、调情、备胎
和
你还不错
之间的
是
钢琴家都不懂浪漫
我还能指望
普通人
评论爱情的艺术性

送 客

醉鬼哭倒在我的怀里
司机不愿载乱叫的狗
我好痛啊

Fxxxxxk 又是烂摊子
烂好人不是烂心肠啊
我好痛啊

世道败坏从自醉开始
我好痛啊
酒后要吃青柠檬定神

来一杯 好痛啊 春天
他眼里有你鬼都不信
喝酒跟送客有毛关系

2016 英国某一天的我们

来去自由

2017 伦敦　去书店打工的路上

2018 四川噶陀 一山清风

第三章 生活里藏着另外一个生活

套路

需要一个人的晚餐等酒下的空杯碗里的死鱼游进性欲的嘴张开延绵在音乐中的浪生活里藏着另外一种生活

看过很多星星才能见到月亮

远去的火车
路过牵手的独木桥
　平行的铁轨
并没有乘客

夜光下的罗马
勾不去浪漫

只有一句 喜欢你
架起明日的

我需要时间
消化你的存在

你需要刺激
证明你的存在

文字替我疗伤

看过很多星星才能见到月亮
断了乐此不疲
醒在世界各地

在秋的日子里吹着夏的风

夏天
白色的腹地
一城一池
注定国色天香
秋天
熟透的小麦
一凸一凹
人本食色性也

夏天从未走远
秋天只是过往

圣托里尼

在爱情海开一个小窗
我带来的书
酒店送的酒

你呢 躲在大海身后的人
公船开到公海里

出海钓鱼 没有钩
越洋电话 删了

在所有和爱情有关的地方
清空未完待续

当一个会快乐的诗人

当机场里的难过来找你
当一个会快乐的诗人
当洗香香头也不回地走向安检队伍
当一个会快乐的诗人
当洗香香舍弃备用的大号行李箱
当洗香香买的奶茶不是你常喝的口味
当洗香香没有意识到说再见时要抱一抱
当一个会快乐的诗人
当你把自己丢在洗香香坐过的冷板凳
当你买了不知道会什么时候送给洗香香的礼物
当你暂时联络不上洗香香的幼稚
当一个会快乐的诗人
当洗香香给你买的车票掩饰着失落
当城市地图关上洗香香告诉你的站台
当车厢里的人都臭臭
当黑暗的隧道都香香
当一个快乐的诗人会洗香香

重庆站

我的心和脑袋装有事情
民主湖畔
知了挡着我的春色
唉 离名气那么远干吗
　鸟儿 午光 重影
跳进湖里
　洗去新书首发会的冷汗
怪了 有一只乌龟在湖底
缩进满世的抛头露面

爸 2

我想父亲 坐在第一排
父亲摇摇头 站到最后一排

这是他儿子的新书分享会
很多年 他总是站得远远的

　守 候

儿子的每一次登台

没有人的时候，有车

"有车，但是没有钥匙"

扫地的女人从身后穿梭而过

乳香的迷离缭绕未知的过往

"十五楼，在哪里？"

傻子都知道坐电梯走楼梯

"老王，听说你要搬走了？"

楼是死的，人是活的，关我屁事！

"你怎么还坐在这里？"

十万个为什么妥妥地输给你

别　　　　　召　　　　　唤

带　路　的　人　　会　　来

去一个没有通行证的国度

别　　　　　伤　　　　　心

看　　　门　　　的　　　人

活　在　门　里　　也　是　法门

伪保安看门记

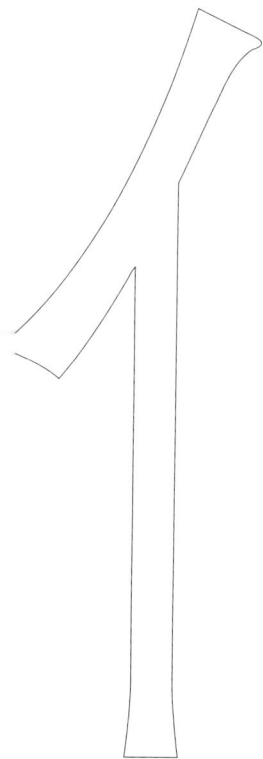

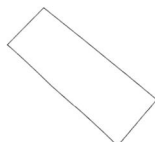

印度男孩为我打开寺庙的　　门

是　　讨好吗　他进不去

钥匙握在马来西亚法师的信徒手心

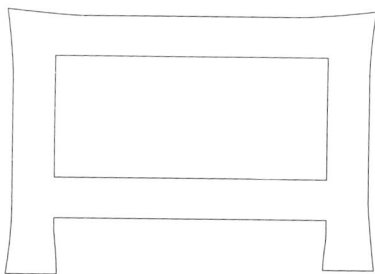

徒

徐志摩先生

别人当你是块石头
我来说声 新年快乐
聊会儿天吧
今天的天气　可以划船
吗

船上的人盖着毯子
割草机的味道
在入口处三声作响
青青　轻轻　亲亲

夏天里
我最喜欢的位置
只剩下耀眼的午光
他们依旧在康河上
拍河

真好　放假了
我第一次买成人票
康河和岸上隔了一道网
我望过去
冬天的堤岸送走泥泞

一大波人袭来
百合　还喜欢吗
收着吧
出一本诗集
来一次天真

自画像

字随着爱喝酒 像年轻的爸
像妈 老来心大 苦够了
儿子就不像话 像风
画来画去 几笔影子

我在异乡

香肠、土豆和蔬菜沙拉，妈妈的餐厅，这名字让人
垂涎已久。

我在异乡吃着德国妈妈的餐厅，少了酸黄瓜，少了
黑面包，少了家的味道。

汽车，摩托车，行人，拥堵的街道，这热闹的场面
让人望而却步。

我在异乡走着不能回头的弯路，少了红绿灯，少了
斑马线，少了妈妈的散步。

鼻塞，咽痛，发热，生日的前奏，心塞的忧伤让人
痛不欲生。

我在异乡，喝一杯不知名的红酒，少了妈妈的蛋糕
少了妈妈的蜡烛，少了妈妈的跌宕起伏。

我 们 活 在

我们活在世界上干吗
为了高山和大海
飘一朵云在天上
是白色吗
我是不会下来的
人间的雾气只能留给现实的差距
男人啊 女人啊
爸爸啊 妈妈啊
谁说牵挂是一把雨伞

一脸严肃的样子
诋毁可是英格兰的禁忌
找到一片土地
荒无人烟
海鸥以圣洁之名飞到教堂
2016 年末的冬天只有 6 度
我在这个世界
踱步

世 界 上 干 吗

光华诗会

我的身体在发抖，妈妈
那个男人给了我一份报纸
角落里的女孩声音一点点
弱小，是老鼠跑到伦敦街头
和中国女人在中国城的书店
一场聚会
一个新生儿
哭哭啼啼
一生中 第一次
用英文 念诗

妈妈摇一摇你，孩子
别哭，一辈子只做一件事
长到短，有到无
保护好 不知道
一去一回 嘘 嘘 嘘
妈妈再抱抱你，孩子
一辈子做一个中国诗人
Love poetry as I love
you as London loves love

沙 漠 之 花

你　那　里　的　阳　光　很　好

Western　country　life

很　　　　　可　　　　　爱

你　的　小　狗　穿　着　水　晶　迷　你　小　短　裙

我　想　起　沙　漠　里　的　你

青　　　衣　　　白　　　裙

肤　　　黑　　　随　　　性

新　家　的　沙　发　上　是　塞　舌　尔　特　别　来　货

海　　　底　　　椰　　　子　　　吗

您　才　是　真　正　的　旅　人

世　界　在　你　的　家　里　缩　小

种　　　花　　　了　　　吗

懒　癌　，　都　买　鲜　花　插　瓶　里

你　呢　年　末　有　什　么　计　划

迟　　　迟　　　未　　　复

手　　　机　　　阵　　　亡

不　　　等　　　了

偶　尔　的　几　句　问　候

止　　　渴

彩色里的人

每次提醒自己
下过雨的回家路
别往公园走
入口的位置
有泥，有坑
有上一次
你
留下的两脚发冰

只有一个地方
只有你知道
彩色里的人
涂掉幸福

爱情是习惯
在一个城市来来回回
已读

禅

茶花失去了焦点
绿叶挺拔
围绕阳光下的显慧
他说
送你灵感
在通过城市的马路上
庭院深深
偶尔
跳出影子
卸下半生荣耀

睡个午觉

我趴在草地上
和　不知名的小草
　　互望

　　小虫放大了
　　太阳的躲避

风儿和小鸟
一起来到我的耳边

躺下吧
　　和　大地
　　　　睡个午觉

再无

天涯

走的时候

我的心 沉了沉

那一秒

青春

已游过最宽广的海洋

回家的时候

我的心 很轻

有了一个秋天的收获

哪怕

只望到你笑的

那一秒

再无天涯

第四章 纵使你嫁作人妇，也不过人间轻轻一笔

来去自由 3

猫妈妈对猫老师 每天说

"你回国 我都睡得安稳了"

诗人妈妈对作家 流泪说

"几十年来我都是有你支撑下过生活的"

接不下去

接下来的自由是 妈

海　口

起

吹

一

口

口

小岛的棉花糖

围成大大的爱心床

我的小猫咪

暖暖地睡个懒觉

吃着棉花糖

陵河诗社

阿生哥，这个 字 怎么念
真是够了。临界点
一直等等等 等
打赤脚 站在南耕之地
哥哥。
你是诗人 我是木工
到诗社，找一个逃生的机会
写下第一首诗 保持
午夜旺盛力

活在你的理想国 哥哥，
有人半夜回家
搬砖 铺草皮 种
南方的三角梅，玩儿
无概念下的自我爆发
推倒一堵墙 静静
吃完最后两口酒糟酸粉
两点走

阿生哥骑着摩托车
赶去抱老婆，有龙
请我写一首诗为黎安青年
正名，最后一分钟 哥哥
请让我假装当一回诗人

大美陵水。

单身

口红花开出杜鹃红
蝴蝶兰怀春

春节的花市总有人砍价
买几盆
过年的氛围

听说家里摆花招花
花花公子
早被三姑六婆鞭炮炸花

油 腻

对朋友的要求
是对人性！抱着
赚到
的
肉肥美
我食素

你别难受
回国的好朋友是国外的普通朋友
国外的普通朋友是回国的好朋友
惊讶
走塌世界的桥
这傻孩子
还会买
社会上的玩具

相 亲

打个车去埋自己

猫老师的主意

听起来

大海不悲伤

春节要去挖坑

买鞭炮拜财神

恭喜发财

只求老司机别上门

青岛好喝

嚎啕大哭

我起床找笔
安慰的蛋糕快被吃尽
拒绝信一封
爱丁堡的风　疯了
可怜的海龟
需要一份终身的教职
英国　生活了十几年
几张信纸　交代什么
养一只野猫
度日如年
绿色的可擦掉的早晨的笔
很好写
字　很好看
心情不好
昨夜里的梦昨夜里去

海上的朋友

海上的朋友
不要自杀 不要出家

你很懂一个人在角落萎
缩
缺乏问候
只能喝一杯甜酒
肉挑出来
一秒南无阿弥陀佛
活不下去
着迷钢琴前的人
鬼神附身
乐谱管控

海上的朋友
我有一个愿望
学会一门海上乐器
不再唾弃
能说得清的文字
海上的朋友
请帮我向大海投诉
分开是最好的灵感
出发是最好的素材
回家是最痛苦的

世人笑我有自由
我笑世人漫天游

加德满都的风铃

他从远方归来
一个风铃
是简单的心

愿起
铃声附和着脚步
行走在微笑里

思念
住进谁的家
谁的苦楚
在谁的路上常常想起

来去自由 4

纵使你嫁作人妇，也不过人间轻轻一笔。

滑雪

雪山，山顶是自家屋檐
屁股开花，阿弥陀佛
问佛一声保佑
摔下悬崖、人间，睁眼
　恐惧攀岩索道
　　雪板拽向地心
　　　脚踝扭动乾坤
　　　　索道上的年末愿望

　你，我深爱的冒险
　父亲指挥着小儿小女
　一家人的冬天雪地
　羡慕。雪景薄冰
　来的人　化的雪
　女人吃着热狗撒娇
　跟我说会儿话吧
　番茄酱装满一整桶
　寂寞了一整世

事事如山
饥饿捆绑着不合时宜的沉默
摔倒在半山腰

普通朋友

点到为止的人　根本不在乎你
在乎你的人　根本不会 点到为止

止步于此

春捂秋冻 我在北京
点开一首收藏夹里
九个月前你发的情歌
前奏冰冷的抒情
七夕的月亮
变得模糊 变得苍白
旧手机里的聊天记录
存着教堂的誓言
啊，是不敢说出来的爱情呀
在电影院里偷偷牵手
心跳 是认真地跳过啊
有人在打磨暧昧
有人想好好拥抱
坐在望京的韩国餐馆里
再好好望一回
那些醉得不敢明显的夜

新 版

"

假如他日再相逢
狗不吃屎

"

一句比口香糖还容易
吐到大街上的誓言
一对新婚夫妇来问
一个单身女青年 画线
人真的不会变
你再来问我的情诗千万遍：

"佛还吃牛油果？"

当然，我会把最受欢迎的甜点
留给甜甜蜜蜜的
　　　　　　　　你
首先 要吃素
其次 要有狗狗的爱心
次次

不能是往日里的屎

接待站

海口的浪没那么大
你天天心里平静 不挣几个钱 也不着急
累死我了
去海边纯粹是陪你

写那个孩子说的那片海
        巧
我们的家在同一片海

你送我的画 带回来了
挂在厕所门口 辟邪
你写的那本书 钱
真好赚 两句话一页纸
我也会写

海洋在见面的那一刻颤颤抖抖

有空来找我玩儿啊
我带包坐到前面啊

住了三年的家
不想你在书里看懂
离 很好 很好的朋友
有些日子
我们吃过很多餐厅的早餐
牛油果那家 博物馆对面那家
我就是一个很肤浅的人
缺点记不住
有一道你爱吃的空心菜
在这片海
        久久一次涌动

火 花

我不想为别人写诗
　　　　　　你　如果是例外

去海的另一边听另一边的海

我是认识的我

欠你的那首诗是什么
和一个女孩有关
在一年之前
脚轻吻草地的露珠
我是认识的我
偶尔喝点小酒
午夜替我买醉
念几句迷人的山泉水
总是此时
替代当时
图中的这本书是你写的吗
逃离混凝土
印度口音是你的江南口音吗
小广播的惬意
你找到生活里的舒适
不过是我清晨
不加糖的苦茶

● 第五章 父亲的糖果被我吃了

父亲的糖果被我吃了

一群台湾孩子念父亲的诗
卡住　她的眼睛跳了一行
亲情只是人生的跳板吗
　　　　　　？

法师脸上平静
出家之后她再也没有吃过父亲的糖果
"啊"　我记住了一个女儿的眼睛

异国他乡　从伦敦带来的糖果
是一个空洞的心形　谁
狠狠地扇了我一巴掌　！

还有两分钟啊　，
　保持安静　，　不要交流
印度 18 岁的女孩举起马来西亚法师的相机

今生的缘分　在此刻集结

诗歌工作坊，爸爸，可惜
我不是一名社会的木匠　您
定制的饭桌，下辈子
还您
一颗
为人子女的糖果

妈妈的眼睛

妈妈的眼睛
在回家的路上
被风吹伤了瞳孔

我为妈妈的眼睛
贴上外面的世界

吊起妈妈的眼睛
混着酸辣
下到面里
烧到胸口

啊，全世界的儿子们
求求你们告诉我：
"妈妈们的眼睛
到底被谁
弄
掉
了
？
"

新年愿望

我想成为一个对世界温和的人
2017 年的总结 2018 年的愿望
最后一顿晚餐少了两个人
在场的人各怀心事
想插话 要罚一杯
背景音乐是伤心的情歌
圣诞树对着我发亮
她们嚷嚷要补一个愿望
开价很低
被爱保护着的人会很天真
傻是单纯吗
我只是傻傻地爱
"傻傻爱"
18 岁的个性签名
不敢再去翻看傻傻的 QQ 心情
高脚杯接受了女人的哭诉

加两个愿望：

一、不喜欢敷衍愿望的人

二、去赌场能开怀大笑

嘘！

不要打探消失的台北情侣

两个人的世界

最讨厌游戏替代沙发上的我

最后一个人发言

"我只能在下班的时候

面对面 喊你一声 宝宝"

干杯 致幸福

这是一首烂诗

在 2017 年的倒数第二天

没有人喜欢喝醉

亲爱的

请你坐到对面

我陪你喝到最后一天

对你说

新年快乐

你的愿望里一定要真的要快乐

来去自由 5

收拾行李时，你有两种选择：
一、找一个帮你的人
二、丢了
能说出第三个理由的人太多。

好好的

肉体会接电，假装天亮
告知 抽烟的男人 嘿，
毁灭的方式是一种轻
轻的痛 飘上屋顶
每一口炊烟袅袅都带着
　　谢谢 你
推出星期四的垃圾桶

切记。绿色是回收的
带着把柄的一笑了之

出门前的最后一根
熏到流泪

离 家 出 走

冰　箱　罢　工

母　鸡　陈　尸

酸　奶　流　泪

鸡　蛋　破　碎

冰　棍　洗　澡

红　牛　热　死

来去自由 6

一句话也写不出来的时候
一切也刚开始

下 山

我 是 人 间 的 诗人
一回来就放纵
　　　念及苦出
烟 酒 性爱
一辈子心动无数次
选择一次

　　　结婚

再 选择一次 离婚

我 不想 看 你
像我一样
死在天堂的轮回里

"我是人间的诗人"出自泰戈尔

等你看遍了全世界的繁华

三番的记忆 并不多
金门大桥的风景看了三番
好多游客都不知道的荒废岛
第一次带你来 再看三番
薄薄的雾天是背景墙
整个城市跑到了友情的前头
你再住久一点
我抽一天陪你看 最棒的夜景
海湾大桥的性格和你很像
顺其自然很多年
很多人承诺给爱一个怀抱
金银岛真是一个很漂亮的地方
雾 太过分了
在二十出头定下终身大事
到冬天里再走一遭通往墨西哥的公路

今晚的夜景 差强人意

照着星星 照着月亮 照着路灯

如果你再回来

我家门口的夜景会很好看

旧金山是个大城市

你要开车 你要走路 你要学会看夜景

你的心里再翻三番

九曲花街

渔人码头

第五大道

联合广场

等你看遍了全世界的繁华

请自动返航

回到三番的山路三番

我再带你看一次夜景

在一棵大树下荡秋千

这个地方是哪里

等你看遍了全世界的繁华

我再告诉你

我最熟悉的三番再翻

来去自由 7

在片尾曲中久久不愿离去，《芳华》，一个人
在异国他乡的电影院里看着成长的故事，想着
我们十八岁的梦想，"为什么最后大家都要离开？"
想回到曾经的舞台，想在这个城市住下，想跑
过白灯，到下一个路口，红灯暂停，这个拐角
像第一次走在巴黎的街道，又比两个人的午后
整洁、明亮，让人踏实，往前是正跨年的联合
广场，该飞了，一个纽约的承诺等着我去拉琴，
悠扬的西洋舞曲，回荡在旧金山街头，萨克斯
在吹一个流浪汉，我要走进他，这是一个崭新
的决定，男装窗户里是资本主义的世界，像极
第一次在伦敦安顿好歪歪和阿姨的公寓、白墙，
照片店，老电影里的短暂相聚，我想起白天里，
为了完美欣赏金门大桥的风景，我们三个人开
车去了三个角度，海边、前进中的桥、留在半
山腰的遗憾，有一个在流浪的女孩突然靠近我，
"Happy New Year！"流浪的男孩，请你为所
有的电影开场白，说一句：

空 空

在文字里映红
今夜的不要

一棵飘零的小草
吹着秋天最后的晚风

一首轻音乐
装不下雨天的疲倦

手指上的都市
关上最后一盏灯

笛声里出现一段太阳
晒到心里

我空空地来到这个世界
这个世界空空地带走我

我的精神世界里有一座岛
希望人人都能登岛

诗人书店

您 永远的心灵伴侣 1

图书在版编目（CIP）数据

来去自由 / 小岛著. -- 海口：海南出版社，
2023.5

ISBN 978-7-5730-1144-2

Ⅰ．①来… Ⅱ．①小… Ⅲ．①新诗－诗集－中国－当
代 Ⅳ．① I227.1

中国国家版本馆 CIP 数据核字（2023）第 085586 号

来去自由

LAI QU ZIYOU

作　　者：小　岛
策划编辑：白　多
责任编辑：张俊明
装帧设计：菜一喋
海南出版社　出版发行
地　　址：海口市金盘开发区建设三横路 2 号
邮　　编：570216
电　　话：0898-66830922
印刷装订：海口新明印刷有限公司
版　　次：2023 年 5 月第 1 版
印　　次：2023 年 5 月第 1 次印刷
开　　本：787mm × 1 092mm　1/32
印　　张：6
字　　数：104 千字
书　　号：ISBN 978-7-5730-1144-2
定　　价：36.00 元